1908 - Mai · 4 ·

Vente du Lundi 4 Mai 1908

HOTEL DROUOT   SALLE Nᵒ 7

Nᵒ 82 du Catalogue.

ŒUVRES

DE

FÉLICIEN ROPS

Mᵉ ANDRÉ DESVOUGES   Mᵉ LOYS DELTEIL

N° 21 du Catalogue

CATALOGUE

D'ŒUVRES

DE

FÉLICIEN ROPS

Dont la vente aura lieu

à Paris, **HOTEL DROUOT**, Salle N° 7

Le Lundi 4 Mai 1908

à 2 heures précises

Par le ministère de Me ANDRÉ DESVOUGES

COMMISSAIRE-PRISEUR

26, Rue de la Grange-Batelière

Assisté de M. LOYS DELTEIL, Artiste-Graveur. Expert

2, Rue des Beaux-Arts

CONDITIONS DE LA VENTE

Elle sera faite au comptant.

Les adjudicataires paieront *dix pour cent* en sus des enchères.

M. LOYS DELTEIL remplira les commissions que voudront bien lui confier les amateurs ne pouvant y assister.

MM. les amateurs pourront visiter la collection, 2, *rue des Beaux-Arts*, du Mercredi 29 Avril au Samedi 2 Mai 1908, de 2 heures à 5 heures.

DÉSIGNATION

1. Portrait de Félicien Rops, par E. Burney — La Buveuse d'absinthe (E. R. 7), par F. Chevalier. Deux pièces. Belles épreuves.

2. La Petite Femme à la fourrure, assise (45). Très belle épreuve sur japon, *signée*.

3. Amour sénile (48). Très belle épreuve tirée sur papier ancien. Très rare.

4. La Femme au trapèze (53). Belle épreuve, *avant la lettre*.

5. L'Olivierade (55). Belle épreuve d'état, sur chine.

6. Pallas (62). Très belle épreuve, *avant la lettre*.

7. Complaisance (77). Très belle épreuve sur japon, *signée*. Rare.

8. Petite Sorcière (79). Très belle épreuve sur japon, *signée*.

9. La Femme à la tête de mort (81) — Petite Liseuse (157). Deux pièces. Belles épreuves sur japon, tirées sur la même feuille, *signées*.

10. Canicule (84). Belle épreuve sur japon, *signée*.

11. La Dame au carcel (85). Superbe épreuve, *signée* et légèrement *rehaussée*.

12. Le Rydeack (87). Très belle épreuve, *signée*.

13. Seule (94). Très belle épreuve sur japon, *signée*.

14. Vieux Faune (96). Très belle épreuve sur japon, *signée*.

15. Bébé (103). Très belle épreuve sur japon, *signée*.

16. Celle qui fait celle qui lit Musset (124). Belle épreuve sur japon, *signée*.

17. La Planche du Tzigane (125). Très belle épreuve sur japon, *signée*.

18. La Dernière Maja (126). Très belle épreuve, *signée*.

19. Ma Colonelle (127). Très belle épreuve, *signée*.

20. Le Vol et la Prostitution dominant le Monde (144). Très belle épreuve sur japon, *signée*.

21. Le Sphinx, grande pl. Très belle épreuve, *signée*.

22. Juillet (153). Très belle épreuve sur japon, *signée*.

23. Ma Grand'Tante (158). Très belle épreuve sur japon.

24. La Foire aux Amours, petite planche (104). Très belle épreuve, sur japon, *signée* et légèrement *rehaussée*.

25. Remparts (160). Très belle épreuve.

26. L'Été (169). Très belle épreuve.

27. Hypocrisie (170). Très belle épreuve, *signée*.

28. L'Attente (184). Très belle épreuve sur japon, *signée*.

29. L'Avocat (205). Très belle épreuve, *signée*. Très rare.

Nº 22 du Catalogue.

30. L'Ermite de la Forêt (212). Très belle épreuve.

31. Paniconographie (218). Très belle épreuve, légèrement *rehaussée*.

32. Médecine expérimentale (219). Très belle épreuve, sur japon.

33. Un groom à tout faire (220). Superbe épreuve, sur japon.

34. Les Sataniques : Satan semant l'Ivraie — L'Enlèvement — L'Idole — Le Sacrifice — Le Calvaire (223-227). Suite complète de cinq pièces. Très belles épreuves, sur japon.

35. Diane (220). Très belle épreuve sur japon, *signée*.

36. Isis (233). 1ᵉʳ état. Très rare.

37. Transformisme, nⁿ 2 (235). Très belle épreuve, *signée*.

38. La Vrille (237). Très belle épreuve, *avec légendes manuscrites* de Rops. en marge.

39. A toi, caporal ! (240). Très belle épreuve du 1ᵉʳ état, sur japon.

40. God of the Mother superior (242). Très belle épreuve sur japon. *rehaussée*.

41. Impudence (243). Superbe épreuve sur japon, *signée*.

42. Le Joyeux bidet (244). Très belle épreuve sur japon, *signée*.

43. Louis XIV ! (245). Très belle épreuve sur japon.

44. Ma Fille, Monsieur Cabanel (246). Très belle et trè rare épreuve *non terminée*, sur japon.

45. Le Moineau de Lesbie (247). Très belle épreuve sur japon, *signée*.

46. Satyriasis (249). Très belle épreuve sur japon. *signée*.

47. Volupté (254). Très belle épreuve, *signée*.

48. Le Major est si difficile (255). Très belle épreuve sur japon.

49. L'Organiste du Diable (256). Très belle épreuve.

50. Appel aux masses (258). Très belle épreuve, *signée*.

51. Ève (260). Très belle épreuve tirée sur papier ancien.

52. Puberté (261). Très belle épreuve sur japon, avec une poésie de Hieland. *transcrite au crayon. par Rops*.

53. Sᵗᵉ Thérèse (262). Très belle épreuve. légèrement *rehaussée*.

54. L'Obsession (263). Épreuve avec *légende manuscrite* de Rops.

55. Petit Cousin (264). Très belle épreuve du 1ᵉ état.

56. Fidélité (265). Très belle épreuve du 1ᵉ état. légèrement rehaussée.

57. Le Péché mortel (266). Très belle épreuve, *signée*.

58. Nubilité (267). Superbe épreuve *signée* et accompagnée d'une poésie de Hieland. *transcrite au crayon. par Rops*.

59. Violence (268). Très belle épreuve. légèrement rehaussée.

60. Messaline (270). Très belle épreuve.

61. L'Ange Gabriel (273). Très belle épreuve.

62. Perle d'Albaceyn (276). Très belle épreuve sur japon.

63. Abus de Confiance (278). Superbe épreuve *tirée sur papier ancien*.

64. La Celle au tambour-maître (279). Très belle épreuve tirée sur papier ancien.

65. Le Massage (351). Très belle épreuve.

66. Frontispice pour le *Cabinet satyrique* (352). Très belle épreuve sur chine.

67. Frontispices pour les *Amusements des Dames de Bruxelles* (353), et les *Chansons badines*, de Collé (354). Deux pièces. Belles épreuves, la seconde d'état.

68. Frontispice pour les *Cousines de la Colonelle* (300). Très belle et très rare épreuve du 1ᵉʳ état, sur japon.

69. Frontispices pour le *Grand et le petit Trottoir*, d'A. Delvau (374) — La *Sainte Chandelle d'Arras* (400). Deux pièces. Belles épreuves.

70. Frontispices pour Le *Catéchisme des Gens mariés* (501) — La *Fleur lascive orientale*, petite pl. (402). Deux pièces. Belles épreuves.

71. La Fleur lascive orientale, frontispice, grande pl. (403). Très belle épreuve, *signée*.

72. Frontispice pour les *Œuvres badines*, de l'abbé de Grécourt (400). Très belle épreuve sur japon.

73. Frontispices pour le *Diable dupé par les Femmes* (416) — La *Messe de Gnide* (419) — Les *Bas-fonds de la Société* (423). Trois pièces. Belles épreuves.

Nº 41 du Catalogue.

74. Frontispice pour le *Christ au Vatican* (417). Très belle épreuve d'état, sur japon, *signée*.

75. 4ᵉ Croquis du Christ au Vatican, épr. avec *autographe* de Rops.

76. Frontispice pour le *Roman d'une nuit*, de Catulle Mendès (418). Très belle épreuve.

77. Millet. Souvenirs de Barbizon, 1ᵉʳ état (431) — La Dame au cochon, par Gaujean — Vieille Flamande — Rimes de joie, etc. Cinq pièces, une *imp. en couleurs*.

78. Frontispices pour la *Sphère de la Lune* (434) — Les *Exercices de Dévotion* (447). Deux pièces. Belles épreuves, une *imp. en couleurs*.

79. L'Amour à travers les Ages (445). Très belle épreuve, *imp. en couleurs*.

80. Frontispices pour les *Gaietés de Béranger* (452) Le *Parnasse satyrique* et le *Nouveau Parnasse satyrique* (470-471) — Le Théâtre érotique, 1ᵉʳ et 2ᵉ vol. (483-484), etc. Huit pièces. Belles épreuves.

81. Frontispices pour le *Théâtre Gaillard*, 1ᵉʳ et 2ᵉ vol. (472-473) — *Tableau des Mœurs du Temps*, frontispice, fleurons des 1ᵉʳ et 2ᵉ vol. et cul-de-lampe final (475, 476, 478, 479) — *Petits poèmes libertins* (480) — *Serre F...* (481). Huit pièces. Belles épreuves.

82. Plénipotentiaire (557). Très belle épreuve.

83. Frontispice pour les *Notes d'un Vagabond*, de J. Dardenne (634). Très belle épreuve d'état, sur japon, *signée*.

84. Maturité (637). Très belle épreuve sur japon.

85. La Pudeur de Sodome, petite pl. (638). Très belle épreuve, *signée*.

86. Frontispice pour *Masques Parisiens*, de F. Champsaur (642). Très belle épreuve, *tirée en deux tons*.

87. Les Diaboliques, par Barbey d'Aurevilly. Portrait par Rajon, et suite de 9 pl. par F. Courboin, d'après Rops.

88. Petite feuille de croquis légèrement rehaussés.

89. Le Cœur sur la main. 1881. Superbe épreuve, avec *transcription manuscrite* d'une *gauderie* de J. Pontavi, par Rops.

90. Courtoisie exagérée. Superbe épreuve du 1er état, sur japon.

91. Luxure. Très belle épreuve.

92. Mors Samabilis. Très belle épreuve, tirée sur papier ancien, *signée*.

93. Premier Pas. Très belle épreuve, *signée*.

94. Spasme. Superbe épreuve.

95. Vachère. Très belle épreuve, *signée*.

96. Un Monsieur et une Dame. Lithographie. Très belle épreuve sur chine (cassure).

97. Coloristes — Faubourg de Cologne — Fosse aux lions — Actualités — Les Bourgeois — Crinolinographie — Poésie. Sept pièces. Belles épreuves (texte au verso).

98. Frontispices par J. Chauvet. Cinq pièces.

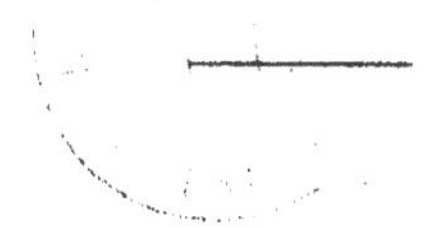

www.ingramcontent.com/pod-product-compliance
Lightning Source LLC
LaVergne TN
LVHW010848180726
843502LV00009B/3771